ASSURANCES CONTRE LES ACCIDENTS

# COMMENTAIRE PRATIQUE

## DE LA LOI DU 9 AVRIL 1898

### PAR E. PAGOT

Prix : 1 fr. 50

PARIS (IXᵉ)

BUREAUX DU *MONITEUR DES ASSURANCES*

16, rue Milton, 16

1901

ASSURANCES CONTRE LES ACCIDENTS

# COMMENTAIRE PRATIQUE

## DE LA LOI DU 9 AVRIL 1898

### Par E. PAGOT

Prix : 1 fr. 50

PARIS (IXᵉ)

BUREAUX DU *MONITEUR DES ASSURANCES*

16, rue Milton, 16

—

1901

# COMMENTAIRE PRATIQUE

DE LA

## LOI DU 9 AVRIL 1898

### par E. PAGOT

---

## INTRODUCTION

Il ne s'agit pas ici de donner un commentaire doctrinal de la loi du 9 avril 1898 ; cela a déjà été fait par de savants auteurs qui ont étudié d'une manière approfondie les travaux préparatoires et les conséquences de la loi. Nous ne nous proposons pas davantage d'exposer la jurisprudence qu'a déjà produite sa mise en vigueur, avec les inévitables difficultés auxquelles elle a donné lieu : cela est l'affaire des Recueils spéciaux dans lesquels sont publiées et critiquées les décisions nombreuses, et souvent contradictoires, qui sont intervenues.

Nous voulons seulement, prenant chacun des articles de la loi, le faire suivre des observations et des renseignements qu'une pratique de dix-huit mois pourra nous suggérer. Nous n'avons pas, bien entendu, la prétention d'avoir visé tous les cas qui peuvent se présenter ou prévu toutes les difficultés qui peuvent surgir ; et nous nous tiendrons à la disposition des lecteurs qui, ne trouvant pas, dans ce commentaire succinct, la solution des questions qui peuvent les préoccuper, voudront bien nous les soumettre.

# OBSERVATION PRÉLIMINAIRE

La loi du 9 avril 1898, sur les accidents dont les ouvriers sont victimes dans leur travail, publiée dans le *Journal Officiel* du 10 avril 1898, n'est entrée en vigueur que le 1er juillet 1899. Donc, tous les accidents arrivés jusqu'au 30 juin 1899, à minuit, ont été et sont encore régis par l'ancienne législation (article 1382 et suivants du Code civil), et c'est à ces règles du droit commun qu'il faut se référer, soit pour la détermination de la responsabilité, soit pour la fixation des indemnités, soit pour la procédure à suivre.

Depuis, et y compris le 1er juillet 1899, ce sont les dispositions suivantes qui sont applicables.

ARTICLE PREMIER. — Les accidents survenus par le fait du travail, ou à l'occasion du travail, aux ouvriers et employés occupés dans l'industrie du bâtiment, les usines, manufactures, chantiers, les entreprises de transport par terre et par eau, de chargement et de déchargement, les magasins publics, mines, minières, carrières, et, en outre, dans toute exploitation ou partie d'exploitation dans laquelle sont fabriquées ou mises en œuvre des matières explosives, ou dans laquelle il est fait usage d'une machine mue par une force autre que celle de l'homme ou des animaux, donnent droit, au profit de la victime ou de ses représentants, à une indemnité à la charge du chef d'entreprise, à la condition que l'interruption de travail ait duré plus de quatre jours. — Les ouvriers qui travaillent seuls d'ordinaire ne pourront être assujettis à la présente loi par le fait de la collaboration accidentelle d'un ou de plusieurs de leurs camarades.

Le principe du *risque professionnel*, fondement de la nouvelle législation, est très nettement posé par cet article; il en résulte que la victime d'un accident n'a plus, comme sous l'empire du droit commun (articles 1382 et suivants du Code civil), à prouver, pour obtenir une indemnité, que cet accident est dû à la faute de son patron ou de ses préposés, à la défectuosité de l'outillage ou du matériel, etc. : il suffit, pour qu'il soit indemnisé, qu'il ait été blessé dans son travail.

Mais il faut que l'accident soit survenu par la faute du travail, ou à l'occasion du travail, et, par conséquent, pendant les heures de travail. Ainsi, par exemple, un ouvrier qui serait blessé en se rendant à son travail ou en en revenant ne pourrait invoquer les dispositions de la nouvelle loi; mais s'il l'était en allant de l'atelier ou de l'usine à un endroit quelconque où il doit exécuter un travail pour son patron, il n'est pas douteux qu'il en bénéficierait.

On remarquera que la loi s'applique non seulement aux ouvriers, mais encore aux employés, et il faut entendre par là, sans distinction de sexe ou d'âge, les employés de tout ordre, comptables, chefs d'atelier, ingénieurs, directeurs même, tous ceux, en un mot, qui, dans une exploitation, assujettie à la loi, reçoivent un salaire, des appointements, une rémunération quelconque.

Une conséquence capitale de ce principe du risque professionnel, c'est le caractère *forfaitaire* de l'indemnité, c'est-à-dire que, la victime ou ses représentants ayant toujours droit à cette indemnité, elle sera souvent inférieure à ce que, dans tel cas particulier, elle aurait pu être, sous l'ancienne législation ; mais, par contre, et dans tel autre cas particulier, elle sera exigible, tandis que, d'après cette même législation, il n'aurait été rien dû : c'est donc là un véritable forfait légal sous réserve, bien entendu, des dispositions de l'article 20 de la loi, relatives à la faute inexcusable de la victime ou du patron.

L'émunération contenue dans l'article 1er n'est pas limitative, mais simplement énonciative ; il en résulte que, comme toutes les dispositions analogues, celle-ci donne lieu, dans l'application, à certaines difficultés d'appréciation. Ce qu'on peut dire, d'une façon générale, c'est que, en dehors des professions nommément désignées, on doit considérer comme tombant sous l'application de la nouvelle loi toute industrie, toute profession qui a pour but et pour objet la transformation des matières premières ou de certains produits en d'autres produits ; et que, au contraire, les professions dans lesquelles on se contente d'acheter pour revendre, sans transformation, ne sont pas comprises dans la loi. Les commerçants, sauf exception, n'y sont pas assujettis. Il en est ainsi, par exemple (et sans qu'il soit possible de donner ici une nomenclature complète), des négociants en vins n'employant pas de machines, des grainetiers, des bouchers, des maréchaux-ferrants, des marchands de chevaux, etc., etc.

Si bizarre que cela paraisse, la question s'était posée de savoir si un commerçant non assujetti par sa profession même, mais faisant ses propres transports, livrant lui-même à sa clientèle avec des voitures lui appartenant, ne devrait pas, pour cette partie spéciale de ses opérations, être considéré comme un entrepreneur de transports. Evidemment non, à notre avis, quoique certains tribunaux aient, à tort, jugé le contraire.

ART. 2. — Les ouvriers et employés désignés à l'article précédent ne peuvent se prévaloir, à raison des accidents dont ils sont victimes dans leur travail, d'aucunes dispositions autres que celles de la présente loi. — Ceux dont le salaire annuel dépasse 2,400 francs ne bénéficient de ces dispositions que jusqu'à concurrence de cette somme. Pour le surplus, ils n'ont droit qu'au quart des rentes ou indemnités stipulées à l'article 3, à moins de conventions contraires quant au chiffre de la quotité.

Il s'agit ici des rapports entre ouvriers ou employés et patrons. Il résulte du paragraphe premier de cet article que la victime d'un accident ou ses représentants ne peuvent exiger du patron une indemnité autre que celle fixée par la loi ou calculée différemment : c'est l'application du forfait.

Il en résulte aussi que l'ouvrier ou ses ayants droit ne peuvent, pour obtenir cette indemnité, recourir à une procédure différente de celle qui est organisée par les articles 15 et suivants. Ainsi, ils ne pourraient assigner directement le chef d'entreprise devant le Tribunal civil ou le Tribunal de commerce en invoquant soit les articles 1382 et suivants du Code civil, soit même les dispositions de la nouvelle loi : ils doivent, dans ce dernier cas, suivre la procédure spéciale, édictée, d'ailleurs, dans leur intérêt même. Ils ne pourraient davantage, si le patron était poursuivi correctionnellement à raison de l'accident, se porter partie civile.

On verra plus loin que les articles 8 et 10 spécifient et précisent la façon dont doit être calculé le salaire annuel; et l'article 3 fixe le quantum du salaire qui doit, suivant les cas, être alloué soit comme rente, soit comme indemnité temporaire. Il faut combiner ces diverses dispositions avec le second paragraphe de l'article 2, qu'on vient de lire, qui est très clair, et duquel il résulte incontestablement, selon nous, malgré l'opinion différente qui a été soutenue, que la réduction pour toute la portion du salaire annuel dépassant 2,400 francs, doit s'appliquer aussi bien à l'indemnité temporaire qu'à la rente : on remarquera, en effet, qu'il est dit que, pour le surplus (des 2,400 francs), les victimes n'ont droit qu'au quart des rentes ou indemnités stipulées à l'article 3. Les mots « ou indemnités » n'auraient pas de sens s'ils ne visaient pas les indemnités temporaires dues en cas de blessures n'entraînant pas une infirmité permanente.

Donc, en cas d'infirmité permanente, la victime ou ses représentants auront droit aux rentes déterminées par l'article 3, et calculées sur un salaire annuel de 2,400 francs; pour toute la portion du salaire dépassant ce chiffre, la rente ne sera plus que de moitié. Supposons un salaire de 3,400 francs, et une réduction de moitié dans la capacité de travail; la rente sera calculée ainsi : jusqu'à 2,400 francs, réduction de moitié du salaire, soit 1,200 rancs, dont la moitié encore est allouée à la victime, soit 600 francs; pour les 1,000 francs de surplus, réduction de moitié du salaire, soit 500 francs, dont le quart, soit 125 francs, est à ajouter aux 600 francs, de telle sorte que la rente totale sera de 725 francs par an.

En cas d'incapacité temporaire de travail, l'indemnité est égale à la moitié du salaire quotidien. Si ce salaire quotidien représente un salaire annuel de plus de 2,400 francs, pour toute la portion au delà de ce chiffre, l'indemnité n'est plus que du quart de la moitié, soit le huitième. Supposons un salaire de 10 francs par jour; en calculant sur 300 jours de travail, cela représente un salaire annuel de 3,000 francs. L'indemnité ne sera pas de 5 francs, elle sera de 4 fr. 25, soit : moitié de 8 francs (2,400 francs par an), ou 4 fr.; plus, sur 600 francs (2 francs par jour), le quart de la moitié, ou 0 fr. 25 c.

ART. 3. — Dans les cas prévus à l'article premier, l'ouvrier ou l'employé a droit : pour l'incapacité absolue et permanente, à une rente égale aux deux tiers de son salaire annuel; pour l'incapacité partielle et permanente, une rente égale à la moitié de la réduction que l'accident aura fait subir au salaire; pour l'incapacité temporaire, à une indemnité journalière égale à la moitié du salaire touché au moment de l'accident, si l'incapacité de travail a duré plus de quatre jours, et à partir du cinquième jour. — Lorsque l'accident est suivi de mort, une pension est servie aux personnes ci-après désignées, à partir du décès, dans les conditions suivantes : A. Une rente viagère égale à 20 % du salaire annuel de la victime pour le conjoint survivant non divorcé ou séparé de corps, à la condition que le mariage ait été contracté antérieurement à l'accident. — En cas de nouveau mariage, le conjoint cesse d'avoir droit à la rente mentionnée ci-dessus; il lui sera alloué, dans ce cas, le triple de cette rente à titre d'indemnité totale. — B. Pour les enfants, légitimes ou naturels, reconnus avant l'accident, orphelins de père ou de mère, âgés de moins de 16 ans, une rente calculée sur le salaire annuel de la victime, à raison de 15 % de ce salaire s'il n'y a qu'un enfant, de 25 % s'il y en a deux, de 35 % s'il y en a trois, et de 40 % s'il y en a quatre ou un plus grand nombre. — Pour les enfants, orphelins de père et de mère, la rente est portée pour chacun d'eux à 20 % du salaire. — L'ensemble de ces rentes ne peut, dans le premier cas, dépasser 40 % du salaire, ni 60 % dans le second. — C. Si la victime n'a ni conjoint ni enfant, dans les termes des paragraphes A et B, chacun des ascendants et descendants qui était à sa charge recevra une rente viagère pour les ascendants et payable jusqu'à 16 ans pour les descendants. Cette rente sera égale à 10 % du salaire annuel de la victime, sans que le montant total des rentes ainsi allouées puisse dépasser 30 %. — Chacune des rentes prévues par le paragraphe C est, le cas échéant, réduite proportionnellement. — Les rentes constituées par la présente loi sont payables par trimestre; elles sont incessibles et insaisissables. — Les ouvriers étrangers, victimes d'accidents, qui cesseront de résider sur le territoire français, recevront, pour toute indemnité, un capital égal à trois fois la rente qui leur avait été allouée. — Les représentants d'un ouvrier étranger ne recevront aucune indemnité si, au moment de l'accident, ils ne résidaient pas sur le territoire français.

D'une façon générale, les dispositions de l'article 3 sont très claires et très précises, et ne comportent pas de longs commentaires. Certains points seulement doivent être relevés.

Il faut d'abord remarquer que ces dispositions doivent être combinées tant avec l'article 2, 2me paragraphe, de la loi (limitation à 2,400 francs de salaire annuel du chiffre d'après lequel doivent être calculées les rentes et indemnités prévues, ces allocations devant être réduites au quart sur la portion de salaire qui dépasse cette somme) qu'avec les articles 9 et 10 (mode de calcul du salaire).

Le *quantum* de la réduction subie par le salaire est laissé à l'appréciation soit des parties, qui doivent tomber d'accord lors de la tentative de conciliation qui a lieu devant le Président du Tribunal civil, soit du Tribunal lui-même, lorsque, la tentative de conciliation n'ayant pas abouti, il est saisi de la question; il doit alors se décider soit d'après les éléments qui lui sont fournis par les parties, soit d'après une expertise médicale à laquelle il peut recourir.

En cas de mort, les bénéficiaires des rentes sont limitativement désignés par les paragraphes A, B et C de la loi, dont les allocations ne peuvent être attribuées à d'autres qu'aux conjoints, enfants légitimes ou naturalisés avant l'accident, et descendants en ligne directe.

Une obligation générale s'impose à tous les bénéficiaires de rentes : c'est celle de produire un certificat de vie chaque fois qu'ils réclameront le paiement d'un arrérage. Il suffit, pour le prouver, de rappeler l'article 1983 du Code civil, qui est ainsi conçu : « Le propriétaire d'une rente viagère n'en peut demander les arrérages qu'en justifiant de son existence, ou de celle de la personne sur la tête de laquelle elle a été constituée. » Donc, obligation, pour le bénéficiaire, de produire un certificat de vie, qui doit lui être délivré gratuitement par le maire de la commune qu'il habite, et cela, quoi que puisse prétendre la Caisse nationale des retraites qui, tout en rappelant, dans ses imprimés, la nécessité de la production du certificat de vie, semble trouver excessive la prétention des Compagnies d'assurances qui l'exigent. — De plus, pour le conjoint bénéficiaire, obligation de produire son acte de naissance, puisque, aux termes de l'article 3 de la loi, il cesserait, en cas de nouveau mariage, d'avoir droit à la rente, et que, d'après la loi du 17 août 1897 (art. 2), l'acte de naissance doit porter mention du mariage : c'est la seule façon, pour le débiteur de la rente, d'être fixé sur ce point d'une manière certaine. — Enfin, pour les ouvriers étrangers, obligation de produire un certificat de résidence, puisque, s'ils cessaient de résider sur le territoire français, ils cesseraient d'avoir droit à la rente.

En ce qui concerne les ouvriers étrangers, nous croyons devoir signaler une proposition de loi qui a été déposée, au mois de décembre 1900, à la Chambre des députés, dans le but de faire disparaître toute distinction entre les ouvriers français et les ouvriers étrangers, victimes d'accidents, et cela, sous le prétexte que la différence établie par la loi constituerait une véritable prime à l'emploi des ouvriers ou employés étrangers.

Il est bien entendu que, lorsque l'incapacité de travail n'a pas duré plus de quatre jours, y compris celui de l'accident, la victime n'a droit à aucune indemnité.

Lorsque le nombre des enfants bénéficiaires des rentes, aux termes du paragraphe B, vient à diminuer, le chiffre des rentes doit-il être réduit proportionnellement? Oui, à notre avis, et cette solution nous semble conforme à l'esprit de la loi; il faut, cependant, remarquer qu'elle ne le dit pas ici, tandis qu'elle le déclare expressément pour les bénéficiaires désignés dans le paragraphe C.

Par « ascendants ou descendants à la charge de la victime », il résulte de la jurisprudence qu'il faut entendre non pas seulement ceux qui avaient légalement droit à une pension alimentaire et qui la recevaient, mais bien ceux qui, effectivement, étaient soutenus, entretenus, nourris par elle, sans avoir d'autres ressources; on consultera utilement, à cet égard, la jurisprudence.

La rente, payable par trimestre, mais à terme échu, est due à partir du jour de la reprise du travail ou de la consolidation de la blessure constatée par certificat médical, jour auquel cesse d'être due l'indemnité temporaire.

Art. 4. — Le chef d'entreprise supporte, en outre, les frais médicaux et pharmaceutiques et les frais funéraires. Ces derniers sont évalués à la somme de 100 francs au maximum. — Quant aux frais médicaux et pharmaceutiques, si la victime a fait choix elle-même de son médecin, le chef d'entreprise ne peut être tenu que jusqu'à concurrence de la somme fixée par le juge de paix du canton, conformément aux tarifs adoptés dans chaque département pour l'assistance médicale gratuite.

Quand il existe une difficulté au sujet des frais médicaux et pharmaceutiques ou des frais d'enterrement, c'est le juge de paix du canton où l'accident s'est produit qui est seul compétent pour la trancher en dernier ressort, conformément aux règles édictées par l'article 4.

A Paris, il n'y a pas encore (décembre 1900) de tarif établi pour l'assistance médicale gratuite; les juges de paix devant lesquels est portée une demande en paiement de frais médicaux fixent généralement à 3 francs par visite les honoraires du médecin ; et, pour les opérations, ils s'en réfèrent aux prix généralement demandés aux personnes de la classe ouvrière.

Les frais d'hospitalisation doivent être payés par le chef d'entreprise ou par la Compagnie d'assurances. A Paris, ils sont fixés à 2 fr. 50 par jour,

ART. 5. — Les chefs d'entreprise pourront se décharger pendant les 30, 60 ou 90 premiers jours à partir de l'accident, de l'obligation de payer aux victimes les frais de maladie et l'indemnité temporaire, ou une partie seulement de cette indemnité, comme il est spécifié ci-après, s'ils justifient : — 1° Qu'ils ont affilié leurs ouvriers à des Sociétés de secours mutuels et pris à leur charge une quote-part de la cotisation qui aura été déterminée d'un commun accord, et en se conformant aux statuts-types approuvés par le Ministre compétent, mais qui ne devra pas être inférieure au tiers de cette cotisation ; — 2° Que ces Sociétés assurent à leurs membres, en cas de blessures, pendant 30, 60 ou 90 jours, les soins médicaux et pharmaceutiques et une indemnité journalière. — Si l'indemnité journalière servie par la Société est inférieure à la moitié du salaire quotidien de la victime, le chef d'entreprise est tenu de lui verser la différence.

Le *Journal Officiel* du 17 mai 1899 a publié l'arrêté du Ministre de l'Intérieur, du 16 du même mois, relatif aux statuts-types à insérer, pour l'exécution de l'article 5 de la loi du 9 avril 1898, dans les statuts des Sociétés de secours mutuels qui se proposent de contracter avec les chefs d'entreprise dans les conditions spécifiées par ledit article.

On trouvera dans les huit articles de cet arrêté le détail des conditions que doivent remplir les statuts des Sociétés de secours mutuels pour répondre au vœu de l'article 5 de la loi.

ART. 6. — Les exploitants de mines, minières ou carrières peuvent se décharger des frais et indemnités mentionnés à l'article précédent moyennant une subvention annuelle versée aux Caisses ou Sociétés de secours constituées dans ces entreprises en vertu de la loi du 29 juin 1894. — Le montant et les conditions de cette subvention devront être acceptés par la Société et approuvés par le Ministre des Travaux publics. — Ces deux dispositions seront applicables à tous autres chefs d'industrie qui auront créé en faveur de leurs ouvriers des Caisses particulières de secours en conformité du titre III de la loi du 29 juin 1894. L'approbation prévue ci-dessus sera, en ce qui les concerne, donnée par le Ministre du Commerce et de l'Industrie.

Le *Journal Officiel* du 11 mai 1899 a publié un décret présidentiel, du 10 du même mois, relatif à l'application de l'article 6 de la loi. Il en résulte que, pour les Caisses de secours constituées dans les industries autres que les mines, minières et carrières, les attributions conférées par le titre III de la loi du 29 uin 1894 au Conseil général des mines et aux ingénieurs des mines sont respectivement exercées, sous l'autorité du Ministre du Commerce et de l'Industrie, par le Comité consultatif des assurances contre les accidents du travail et par des agents de surveillance spécialement délégués à cet effet.

En ce qui concerne l'application aux mines, minières et carrières, de la loi du 9 avril 1898, le Ministre des Travaux publics a adressé, le 5 mai 1899, aux Préfets une circulaire qui a été reproduite dans les recueils spéciaux.

Rappelons que la loi du 29 juin 1894 est relative aux Caisses de secours et de retraites des ouvriers mineurs.

ART. 7. — Indépendamment de l'action résultant de la présente loi, la victime ou ses représentants conservent, contre les auteurs de l'accident autres que le patron ou ses ouvriers et préposés, le droit de réclamer la réparation du préjudice causé, conformément aux règles du droit commun. — L'indemnité qui leur sera allouée exonérera à due concurrence le chef d'entreprise des obligations mises à sa charge. — Cette action contre les tiers responsables pourra même être exercée par le chef d'entreprise, à ses risques et périls, aux lieu et place de la victime ou de ses ayants-droit, si ceux-ci négligent d'en faire usage.

Cet article réserve expressément à la victime ou à ses représentants le droit de réclamer à l'auteur responsable de l'accident la réparation du préjudice que leur a causé cet accident; et c'est conformément aux règles du droit commun, c'est-à-dire en vertu des articles 1382 et suivants du Code civil, que ce recours devra être exercé. Le demandeur devra, en conséquence, établir par tous les modes de preuves mis par la loi à sa disposition cette responsabilité : il n'y a aucun rapport entre cette action et celle résultant de la loi du 9 avril 1898; il devra porter sa demande, suivant les cas, soit devant le juge de paix, soit devant le tribunal civil, soit devant le tribunal correctionnel, en se portant partie civile, soit devant le tribunal de commerce, s'il s'agit d'un commerçant, et qu'il veuille s'adresser à cette juridiction. Et, pour cette action, il n'aura pas de droit le bénéfice de l'assistance judiciaire; il pourra la demander, mais en se conformant aux dispositions de la loi de 1851.

S'il obtient, de ce côté, une indemnité, elle ne pourra se cumuler avec celle que devra lui payer son patron en exécution de la nouvelle loi : il s'opérera entre les deux, et jusqu'à due concurrence, une compensation qui profitera au patron; c'est-à-dire que si l'indemnité mise à la charge du tiers responsable est égale ou supérieure au montant de l'indemnité forfaitaire, le chef d'entreprise n'aura rien à payer; dans le cas où elle est inférieure, il est seulement tenu de parfaire la différence.

Si cette indemnité forfaitaire consiste en une rente, et que l'indemnité mise à la charge du tiers responsable soit un capital, ce capital devra être versé au patron ou à son assureur jusqu'à concurrence de la somme qui sera mise en réserve pour garantir le service de la rente; le surplus, s'il y a lieu, reviendra à la victime.

Un moyen assez pratique d'arriver à une solution rapide est souvent appliqué, ou, du moins, essayé : à la tentative de conciliation qui a lieu devant le président du tribunal civil, le tiers responsable est convoqué; si la victime et son patron tombent d'accord sur le chiffre de la rente, cet accord est constaté par le procès-verbal; puis, si l'auteur responsable et les intéressés se mettent également d'accord, le même procès-verbal le constate, le tiers prend l'engagement de payer, de désintéresser le patron, et tout est ainsi terminé en même temps, par le contrat judiciaire qui intervient entre tous les intéressés.

En cas d'absence ou de résistance du tiers responsable, le procès-verbal de conciliation peut impartir à la victime ou à ses ayants-droit un délai pour exercer leur recours contre lui, en convenant que, ce délai expiré, le patron pourra l'exercer lui-même : il ne faut pas, en effet, qu'il reste indéfiniment dans l'incertitude à cet égard, ou qu'il soit frustré du bénéfice d'un recours utile qui s'exercerait à son insu.

D'ailleurs, le patron ou son assureur peut, en vertu de la subrogation légale résultant à son profit des prescriptions de l'article 7, signifier au tiers responsable une défense de payer, en dehors de lui, l'indemnité pouvant revenir à la victime ou à ses représentants, et une semblable défense équivaudrait évidemment à une véritable saisie-arrêt. Il ne faut pas que la victime reçoive des deux mains.

Art. 8. — Le salaire qui servira de base à la fixation de l'indemnité allouée à l'ouvrier âgé de moins de 16 ans ou à l'apprenti victime d'un accident ne sera pas inférieur au salaire le plus bas des ouvriers valides de la même catégorie occupés dans l'entreprise. — Toutefois, dans le cas d'incapacité temporaire, l'indemnité de l'ouvrier âgé de moins de 16 ans ne pourra pas dépasser le montant de son salaire.

Cet article vise un cas particulier, et il semble qu'il sera généralement facile aux parties de se mettre d'accord, au moyen, par exemple, de la production devant le juge de paix ou devant le président du tribunal des livres de paie du patron.

Il convient de remarquer que l'article 8 parle des ouvriers de la même catégorie occupés dans « l'entreprise »; cela signifie qu'il faut chercher les éléments d'appréciation dans la maison même où travaillait la victime, et non dans les autres maisons exerçant la même industrie. De telle sorte que si, — ce qui sera évidemment rare, mais ce qui peut arriver, — il n'y avait dans cette maison, dans cette entreprise, que des ouvriers de moins de 16 ans ou des apprentis, c'est leur salaire qui devrait être pris en considération ; il ne nous paraît pas possible, étant donnés les termes de l'article, d'aller chercher dans d'autres entreprises similaires des éléments d'appréciation.

ART. 9. — Lors du règlement définitif de la rente viagère, après le délai de révision prévue à l'article 19, la victime peut demander que le quart au plus du capital nécessaire à l'établissement de cette rente, calculé d'après les tarifs dressés pour les victimes d'accidents par la Caisse des retraites pour la vieillesse, lui soit attribué en espèces. — Elle peut aussi demander que ce capital, ou ce capital réduit du quart au plus comme il vient d'être dit, serve à constituer sur sa tête une rente viagère reversible, pour moitié au plus, sur la tête de son conjoint. Dans ce cas, la rente viagère sera diminuée de façon qu'il ne résulte de la reversibilité aucune augmentation de charges pour le chef d'entreprise. — Le tribunal, en chambre du conseil, statuera sur ces demandes.

Rappelons que le délai de révision prévu par l'article 19 de la loi est de trois ans, à dater de l'accord intervenu entre les parties ou de la décision définitive. Par conséquent, la nouvelle loi n'étant entrée en vigueur que le 1er juillet 1899, les combinaisons autorisées par l'article 9 n'ont pas eu encore la possibilité d'être appliquées. Elles sont, d'ailleurs, très clairement expliquées par cet article, et ne semblent pas, quand elles pourront fonctionner, devoir donner naissance à des difficultés.

Le tarif visé par l'article 9 a été élaboré par la Caisse nationale des retraites ; ce tarif spécial, tenant compte de la mortalité des victimes d'accidents et de leurs ayants-droit, aux termes du 2me paragraphe de l'article 28 de la loi, figure intégralement au *Journal Officiel* du 10 mai 1899, et l'application en est précisée dans une notice annexe.

ART. 10. — Le salaire servant de base à la fixation des rentes s'entend, pour l'ouvrier occupé dans l'entreprise pendant les 12 mois écoulés avant l'accident, de la rémunération effective qui lui a été allouée pendant ce temps, soit en argent, soit en nature. — Pour les ouvriers occupés pendant moins de 12 mois avant l'accident, il doit s'entendre de la rémunération effective qu'ils ont reçue depuis leur entrée dans l'entreprise, augmentée de la rémunération moyenne qu'ont reçue, pendant la période nécessaire pour compléter les 12 mois, les ouvriers de la même catégorie. — Si le travail n'est pas continu, le salaire annuel est calculé tant d'après la rémunération reçue pendant la période d'activité que d'après le gain de l'ouvrier pendant le reste de l'année.

Cet article, qui détermine la manière de calculer ce qu'on appelle le « salaire de base », prévoit deux hypothèses : d'abord le cas où il s'agit d'une industrie dans laquelle le travail est continu, a lieu toute l'année ; puis le cas où il s'agit d'une industrie dans laquelle le travail n'est pas continu, est interrompu, chaque année, pendant un certain nombre de mois.

Dans le premier cas, si la victime travaillait, au moment de l'accident, dans la même maison, dans la même « entreprise » depuis 12 mois consécutifs, rien n'est plus facile que de fixer son salaire : il suffit, pour cela, de produire soit un extrait certifié conforme des livres de paie du patron, soit ces livres eux-mêmes.

Si la victime ne travaillait que depuis six mois, par exemple, dans cette entreprise, il faut, à ce qu'il a gagné pendant ce temps, ajouter ce qu'ont gagné pendant les six mois précédents, en moyenne, des ouvriers de la même catégorie, toujours dans la même entreprise. Le total donne le salaire de base d'après lequel doit être fixée l'indemnité.

Dans le second cas, c'est-à-dire s'il s'agit d'une industrie dans laquelle le travail n'est pas continu, il faut, à ce que la victime a effectivement gagné pendant la période d'activité, ajouter ce qu'elle a gagné en travaillant ailleurs, même dans une industrie tout à fait différente ; c'est encore le total de ces deux sommes qui donnera le salaire de base ; c'est, bien entendu, à la victime ou à ses ayants-droit à fournir, à cet égard, la justification indispensable.

Comme on l'a vu, ce salaire doit comprendre tout ce que la victime recevait soit en argent, soit en nature. Il n'est pas posssible, à ce sujet, de poser de règles générales ; les tribunaux ont eu déjà à se prononcer assez souvent, mais il ne s'agit, en général, que de décisions d'espèces. Ce qu'on peut dire, par exemple, c'est que les rémunérations désignées sous le nom de pourboires, ayant un caractère éminemment aléatoire et variable, ne doivent pas entrer en ligne de compte, pas plus que les indemnités de déplacement ou de séjour. Pour certaines professions toutefois (cochers, garçons de café ou de restaurant, charretiers-brasseurs, etc.), il faut évaluer les pourboires et les commissions, qui constituent la plus grosse part du salaire. C'est là, en un mot, une question d'espèces et aussi une question d'usages.

Ce dont il y a lieu de tenir toujours compte, c'est le logement, c'est la nourriture, c'est l'allocation de denrées alimentaires ou autres : quand la victime était logée ou nourrie par son patron, quand elle recevait de lui une rémunération régulière en nature, il faut, d'après les usages locaux, d'après les tarifs ou les mercuriales, en faire l'évaluation en espèces, et l'ajouter au chiffre de salaire payé en argent. A défaut d'accord entre les parties, les tribunaux trouveront soit dans les renseignements qu'ils pourront se procurer, soit, au besoin, par les enquêtes ou par les expertises qu'ils pourront ordonner, le moyen de trancher la difficulté.

ART. 11. — Tout accident ayant occasionné une incapacité de travail doit être déclaré, dans les 48 heures, par le chef d'entreprise ou ses préposés, au maire de la commune qui en dresse procès-verbal. — Cette déclaration doit contenir les noms et adresses des témoins de l'accident. Il y est joint un certificat de médecin indiquant l'état de la victime, les suites probables de l'accident et l'époque à laquelle il sera possible d'en connaître le résultat définitif. — La même déclaration pourra être faite par la victime ou ses représentants. — Récépissé de la déclaration et du certificat du médecin est remis par le maire au déclarant. — Avis de l'accident est donné immédiatement par le maire à l'inspecteur divisionnaire ou départemental du travail, ou à l'ingénieur ordinaire des mines chargé de la surveillance de l'entreprise. — L'article 15 de la loi du 2 novembre 1892 et l'article 11 de la loi du 12 juin 1893 cessent d'être applicables dans les cas visés par la présente loi.

Le modèle de déclaration d'accident à faire à la mairie a été arrêté par décret du 18 août 1899, publié dans le *Journal Officiel* du 22 du même mois, qui a donné en même temps ce modèle de déclaration, celui du procès-verbal à dresser par le maire, et celui de l'avis de déclaration à transmettre par lui au service d'inspection. Le modèle du récépissé de déclaration a été publié dans le *Journal Officiel* du 1er juillet 1899, à la suite d'un décret du 30 juin précédent.

C'est à la mairie du lieu où est arrivé l'accident que la déclaration doit être faite, et non à celle de la commune où se trouve l'entreprise à laquelle est attachée la victime, ni à celle du lieu où celle-ci habite.

Le patron doit toujours, et sans exception, déclarer tous les accidents, quelle qu'en soit ou qu'en semble devoir être la gravité, et sans avoir à s'en faire juge ; sinon, il s'expose aux pénalités prescrites par l'article 14 de la loi. A cet égard, la jurisprudence est formelle, et les tribunaux de simple police, compétents en l'espèce, n'admettent aucune distinction.

La loi du 2 novembre 1892 est relative au travail des enfants, des filles mineures et des femmes dans les établissements industriels ; son article 15 a été reproduit textuellement par l'article 11 de la loi du 12 juin 1893, concernant l'hygiène et la sécurité des travailleurs dans les établissements industriels.

ART. 12. — Lorsque, d'après le certificat médical, la blessure paraît devoir entraîner la mort ou une incapacité permanente absolue ou partielle de travail, le maire transmet immédiatement copie de la déclaration et le certificat médical au juge de paix du canton où l'accident s'est produit. — Dans les 24 heures de la réception de cet avis, le juge de paix procède à une enquête à l'effet de rechercher : 1° la cause, la nature et les circonstances de l'accident ; 2° les personnes victimes et le lieu où elles se trouvent ; 3° la nature des lésions ; 4° les ayants-droit pouvant, le cas échéant, prétendre à une indemnité ; 5° le salaire quotidien et le salaire annuel des victimes.

En principe, le juge de paix doit toujours procéder à l'enquête sur les accidents dont la déclaration lui est transmise par le maire. Néanmoins, s'il est certain que cet accident n'entraînera pas d'incapacité permanente de travail, il peut s'abstenir ; mais, s'il y a doute, s'il n'est pas péremptoirement démontré que l'accident échappe aux prévisions de la loi, il doit faire l'enquête.

Elle doit servir de base au règlement amiable ou judiciaire qui interviendra ultérieurement. Elle a pour but d'établir s'il y a bien lieu à application du risque professionnel, si l'accident s'est bien produit pendant le travail salarié et commandé ou à l'occasion de ce travail, s'il n'y a pas eu faute inexcusable de la victime ou du patron, si l'accident n'est pas imputable à un tiers, etc.

Le juge de paix devra, en toute hypothèse, faire porter l'enquête sur la recherche des personnes pouvant prétendre à une indemnité, et cela même si la victime ne semble pas en danger de mort : l'événement peut, en effet, tromper les premières prévisions. Il faudra donc rechercher la date de naissance des enfants et petits-enfants de la victime, et réunir les renseignements de nature à établir qu'elle avait charge d'ascendants et de descendants. Dans ce but, on exigera la production des actes de naissance, de certificats de maires, etc.

Art. 13. — L'enquête a lieu contradictoirement dans les formes prescrites par les articles 35, 36, 37, 38 et 39 du Code de procédure civile, en présence des parties intéressées ou celles-ci convoquées d'urgence par lettre recommandée. — Le juge de paix doit se transporter auprès de la victime de l'accident qui se trouve dans l'impossibilité d'assister à l'enquête. — Lorsque le certificat médical ne lui paraîtra pas suffisant, le juge de paix pourra désigner un médecin pour examiner le blessé. — Il peut aussi commettre un expert pour l'assister dans l'enquête. — Il n'y a pas lieu, toutefois, à nomination d'expert dans les entreprises administrativement surveillées, ni dans celles de l'État placées sous le contrôle d'un service distinct du service de gestion, ni dans les établissements nationaux où s'effectuent des travaux que la sécurité publique oblige à tenir secrets. Dans ces divers cas, les fonctionnaires chargés de la surveillance ou du contrôle de ces établissements ou entreprises et, en ce qui concerne les exploitations minières, les délégués à la sécurité des ouvriers mineurs transmettent au juge de paix, pour être joint au procès-verbal d'enquête, un exemplaire de leur rapport. — Sauf les cas d'impossibilité matérielle dûment constatés dans le procès-verbal, l'enquête doit être close dans le plus bref délai et, au plus tard, dans les dix jours à partir de l'accident. Le juge de paix averti par lettre recommandée les parties de la clôture de l'enquête et du dépôt de la minute au greffe, où elles pourront, pendant un délai de cinq jours, en prendre connaissance et s'en faire délivrer une expédition, affranchie du timbre et de l'enregistrement. A l'expiration de ce délai de cinq jours, le dossier de l'enquête est transmis au président du tribunal civil de l'arrondissement.

Les parties intéressées (patron, victime, veuve, ascendants ou descendants, suivant les cas) sont convoquées à la justice de paix par lettres recommandées expédiées par le greffier. Le chef d'entreprise peut se faire représenter, comme les autres intéressés, par un mandataire muni d'un pouvoir spécial sur papier libre, et enregistré gratis; pour le patron, ce mandataire peut être soit un de ses employés, soit un inspecteur de sa Compagnie d'assurance; le fondé de pouvoir peut assister à toutes les phases de l'enquête, et signe le procès-verbal.

Si la victime qui ne peut, par suite de sa blessure, assister à l'enquête, habite dans un canton autre que celui du juge de paix chargé d'y procéder, ce magistrat envoie à son collègue compétent une commission rogatoire en lui donnant tous les renseignements nécessaires. Il en sera de même quand il s'agira d'interroger un témoin résidant dans un autre canton. Quand la victime sera à l'hôpital, le juge de paix pourra s'y rendre et devra y avoir libre accès.

Une circulaire du Garde des sceaux aux procureurs généraux, en date du 10 juin 1899, recommande aux juges de paix de n'user qu'avec une grande réserve de la faculté qui leur est laissée de faire appel à un médecin. « Le plus souvent, y est-il dit, l'expertise n'aura aucune utilité et il conviendra de s'en tenir au certificat initial. La commission d'un médecin ne sera vraiment nécessaire que dans le cas où ce certificat n'aura pas été dressé. On est encore trop près de l'accident pour que l'homme de l'art puisse se prononcer en connaissance de cause sur ses conséquences. »

Un décret du 5 mars 1899, publié dans le *Journal officiel* du 7 mars, a fixé les émoluments alloués aux greffiers de justice de paix pour l'assistance aux actes de notoriété et pour les actes de la procédure réglée par la loi du 9 avril 1898.

L'article 31 de la loi de finances du 13 avril 1900 prescrit que, dans le cas de conciliation, et sur le vu de l'ordonnance du Président du Tribunal, le greffier délivrera à l'administration de l'Enregistrement contre l'adversaire de l'assisté, sur état taxé par le Président du Tribunal, un exécutoire de dépens qui comprend les avances faites par le Trésor, ainsi que les droits, frais et émoluments dus aux greffiers et officiers ministériels, à l'occasion de l'enquête préalable et de la conciliation. S'il n'y a pas de conciliation, l'affaire sera renvoyée devant le Tribunal, et les frais seront taxés et payés conformément à la loi de 1851 sur l'assistance judiciaire.

Art. 14. — Sont punis d'une amende de 1 franc à 15 francs, les chefs d'industrie ou leurs préposés qui ont contrevenu aux dispositions de l'article 11. — En cas de récidive dans l'année, l'amende peut être élevée de 16 à 300 francs. — L'article 463 du Code pénal est applicable aux contraventions prévues par le présent article.

Nous renvoyons à ce que nous avons dit plus haut, au sujet de l'article 11.

Rappelons que l'article 463 du Code pénal est relatif à l'admissibilité des circonstances atténuantes.

Art. 15. — Les contestations entre les victimes d'accidents et les chefs d'entreprise, relatives aux frais funéraires, aux frais de maladie et aux indemnités temporaires, sont jugées en dernier ressort par le juge de paix du canton où l'accident s'est produit, à quelque chiffre que la demande puisse s'élever.

Il n'y a aucune difficulté en ce qui concerne les frais funéraires et les frais de maladie (voir plus haut l'article 4) : la jurisprudence est à peu près unanime pour reconnaître que le juge de paix est seul compétent pour statuer en dernier ressort, quelles que soient, d'ailleurs, les conséquences de l'accident.

Pas de difficulté non plus quand il s'agit de fixer l'indemnité due pour une incapacité temporaire de travail à la suite de laquelle la guérison s'est produite sans infirmité ni réduction du salaire.

Mais, quand il y a infirmité entraînant une incapacité permanente, le juge de paix est-il compétent pour statuer sur l'indemnité due jusqu'au jour où la victime a pu recommencer à travailler ? La jurisprudence, à cet égard, est divisée : dans un premier système, on soutient que le juge de paix est seul chargé par l'article 15 de fixer l'indemnité temporaire et que, s'il est dessaisi de l'affaire par la transmission de l'enquête au tribunal civil, il n'en conserve pas moins la compétence exclusive que lui donne cet article. — Dans un second système, on soutient que, quand il y a incapacité permanente partielle succédant à une incapacité temporaire totale, le juge de paix n'a qu'un rôle de juge d'instruction, de juge enquêteur, et que le tribunal civil doit fixer à la fois le chiffre de l'indemnité temporaire et le quantum de la rente. — On trouvera dans les Recueils spéciaux et dans les Revues de jurisprudence les décisions rendues dans l'un et l'autre sens sur cette question, qui devra être tranchée par la Cour de cassation.

Quoi qu'il en soit, l'instance doit être précédée d'une tentative de conciliation sur billet d'avertissement. Il n'est, du reste, rien innové en ce qui concerne les jugements par défaut et les oppositions.

Art. 16. — En ce qui touche les autres indemnités prévues par la présente loi, le président du tribunal de l'arrondissement convoque, dans les cinq jours à partir de la transmission du dossier, la victime ou ses ayants-droit et le chef d'entreprise, qui peut se faire représenter. — S'il y a accord des parties intéressées, l'indemnité est définitivement fixée par l'ordonnance du président, qui donne acte de cet accord. — Si l'accord n'a pas lieu, l'affaire est renvoyée devant le tribunal, qui statue comme en matière sommaire, conformément au titre xxiv du livre ii du Code de procédure civile. — Si la cause n'est pas en état, le tribunal sursoit à statuer et l'indemnité temporaire continuera à être servie jusqu'à la décision définitive. — Le tribunal pourra condamner le chef d'entreprise à payer une provision ; sa décision sur ce point sera exécutoire nonobstant appel.

Devant le président du tribunal, comme devant le juge de paix chargé de l'enquête, le patron peut se faire représenter par un mandataire muni d'un pouvoir sur papier libre, enregistré gratis.

S'il y a lieu, et du consentement des parties, le président peut ajourner l'affaire, soit pour complément de renseignements, ou production de documents, soit pour attendre la consolidation définitive de la blessure ou l'amélioration de l'état de la victime.

Le procès-verbal qui constate l'accord des parties intervenu sur la médiation du président du tribunal, prend la forme d'une ordonnance qui constate les termes de cet accord, tant au point de vue du chiffre de la rente qu'au point de vue de son mode de paiement (en général par trimestre échu) et de son point de départ (le jour de la reprise du travail, ou de la consolidation constatée de la blessure, en un mot, le jour à partir duquel l'indemnité temporaire a cessé d'être due). Cette ordonnance, revêtue de la formule exécutoire, constitue le titre en vertu duquel la victime ou ses représentants peuvent poursuivre le recouvrement des arrérages de la rente.

L'ordonnance du président peut constater encore que les parties sont tombées d'accord pour le rachat immédiat de la rente moyennant un prix déterminé, payable de suite. Il faut, pour cela, que la rente ne soit pas supérieure à 100 francs, sauf le cas prévu à l'article 3, § A (article 21, 2e paragraphe). Quand la victime est mineure, on stipule que le capital fixé pour le rachat sera payable à sa majorité, époque jusqu'à laquelle la rente sera due.

Comme nous l'avons dit plus haut, on peut faire intervenir à l'ordonnance de conciliation le tiers responsable de l'accident, qui peut prendre de suite l'engagement de payer aux lieu et place du patron, lequel, d'ailleurs, reste toujours personnellement tenu envers la victime. Nous avons dit aussi que quand un accord n'intervient pas avec le tiers responsable de l'accident, l'ordonnance peut impartir à la victime un délai dans lequel elle devra exercer son recours contre ce tiers.

Si la conciliation ne se fait pas, le dossier est immédiatement transmis au parquet, qui, sans convocation préalable, fait les commissions nécessaires pour que la victime puisse porter et suivre l'affaire devant le tribunal, avec le bénéfice de l'assistance judiciaire, qui lui appartient de droit, en vertu de la loi.

ART. 17. — Les jugements rendus en vertu de la présente loi sont susceptibles d'appel selon les règles du droit commun. Toutefois, l'appel devra être interjeté dans les 15 jours de la date du jugement s'il est contradictoire et, s'il est par défaut, dans la quinzaine à partir du jour où l'opposition ne sera plus recevable. — L'opposition ne sera plus recevable en cas de jugement par défaut contre partie, lorsque le jugement aura été signifié à personne, passé le délai de 15 jours à partir de cette signification. — La Cour statuera d'urgence dans le mois de l'acte d'appel. Les parties pourront se pourvoir en cassation.

Il faut remarquer que cet article prescrit que l'appel est possible selon les règles du droit commun; il en résulte que l'article 449 du Code de procédure civile est applicable à la matière, article aux termes duquel « aucun appel d'un jugement non exécutoire par provision ne pourra être interjeté dans la huitaine à dater du jour du jugement; les appels interjetés dans ce délai seront déclarés non recevables, sauf à l'appelant à les réitérer, s'il est encore dans le délai. » — Les Cours d'appel de Lyon et de Grenoble, notamment, ont déjà tranché la question dans ce sens. Par suite, le délai utile pour faire appel est réduit à six jours, ce qui est trop court et n'a sans doute pas été dans l'intention du législateur. — La brièveté exceptionnelle de ce délai a inspiré à quelques députés une proposition de loi ayant pour objet d'accorder à la victime ou à ses représentants le bénéfice, de droit, de l'assistance judiciaire jusques et y compris l'acte d'appel; nous en reparlerons sous l'article 22 ci-après. Disons, toutefois, que la Cour d'appel de Paris s'est prononcée dans un sens différent, reconnaissant que l'appel peut être valablement interjeté pendant la totalité du délai de quinze jours.

Nous devons signaler les délais fixés par le 2ᵐᵉ paragraphe de l'art. 17 pour former opposition aux jugements par défaut; ils constituent une exception au droit commun.

Rien, au contraire, n'est innové en ce qui concerne le pourvoi en cassation.

ART. 18. — L'action en indemnité prévue par la présente loi se prescrit par un an à dater du jour de l'accident.

On a voulu que les questions qui naissent des accidents industriels fussent résolues dans un bref délai. Il était également nécessaire de ne pas laisser les chefs d'entreprise sous le coup de réclamations tardives et, par cela même, suspectes : la présomption de responsabilité qui pèse sur eux trouve sa contre-partie dans une courte prescription.

Il s'agit, d'ailleurs, d'une véritable prescription légale qui, à défaut de dérogation particulière, ne peut être interrompue que par les moyens énoncés au Code civil.

ART. 19. — La demande en revision de l'indemnité fondée sur une aggravation ou une atténuation de l'infirmité de la victime ou son décès par suite des conséquences de l'accident, est ouverte pendant 3 ans à dater de l'accord intervenu entre les parties ou de la décision définitive. — Le titre de pension n'est remis à la victime qu'à l'expiration des 3 ans.

A ce sujet, la circulaire du Garde des sceaux s'exprime en ces termes : « Les tribunaux de première instance ont encore à connaître des demandes en révision formées en vertu de l'article 19 de la loi. La législation a prévu le cas où l'état de la victime, d'après lequel l'indemnité a été fixée, viendrait à se modifier. Il a été décidé qu'il serait alors loisible au chef d'entreprise ou à la victime, selon l'évènement, de remettre en question le chiffre de l'indemnité. L'exercice de ce droit est, d'ailleurs, limité à un laps de trois années à partir de l'accord intervenu entre les parties (devant le Président du Tribunal civil) ou de la décision judiciaire. Jusqu'à l'expiration de ce délai, rien n'est définitif. Lorsque cette période transitoire a pris fin, la victime reçoit son titre de pension, et, désormais, quoi qu'il advienne, aucune réclamation n'est plus admise. Le chef d'industrie peut demander la révision de la convention ou de la décision fixant l'indemnité, lorsque l'état de la victime se modifie de telle sorte qu'une infirmité, qu'on avait crue permanente, disparaît, ou qu'une incapacité, qui paraissait devoir être absolue, fait place à une invalidité partielle. La révision peut être provoquée par la victime, dont l'incapacité s'est aggravée, ou par ses représentants, si elle succombe à ses blessures.

La demande n'est fondée que dans le cas où l'aggravation ou le décès est une conséquence directe de l'accident. »

Il semble bien résulter du dernier paragraphe de l'article que, pendant le délai de révision, le greffier du tribunal civil ne devrait pas délivrer à la victime ou à ses représentants une grosse exécutoire de l'ordonnance de conciliation ou du jugement; si, plus tard, par suite de la révision demandée par le patron, une nouvelle décision intervient, qui diminue le chiffre de la rente, la victime aura entre les mains un titre dont rien ne l'empêchera de se servir, et dont le patron aura le plus grand mal à éviter les effets. Cette ordonnance ou ce jugement constituant, en définitive, le titre de rente, ne devraient, d'après l'article ci-dessus, être délivrés qu'au bout de trois ans; et il pourrait bien arriver que des chefs d'entreprise, lésés par une délivrance inopportune et contraire aux termes de cet article, se retournassent contre le greffier pour lui réclamer des dommages-intérêts. La question, à notre connaissance, s'est déjà posée, mais elle n'a pas été, que nous sachions, résolue jusqu'à ce jour.

Il convient d'ajouter que le bénéficiaire de la rente, même non muni d'un titre exécutoire, ne serait pas privé du moyen d'en obtenir le paiement : le décret du 28 février 1899, rendu pour l'exécution de l'art. 26 de la loi du 9 avril 1898, et publié dans le *Journal officiel* du 1ᵉʳ mars 1899, indique à cet égard la procédure à suivre.

ART. 20. — Aucune des indemnités déterminées par la présente loi ne peut être attribuée à la victime qui a intentionnellement provoqué l'accident.— Le tribunal a le droit, s'il est prouvé que l'accident est dû à une faute inexcusable de l'ouvrier, de diminuer la pension fixée au titre 1ᵉʳ. — Lorsqu'il est prouvé que l'accident est dû à la faute inexcusable du patron et de ceux qu'il s'est substitués dans la direction, l'indemnité pourra être majorée, mais sans que la rente ou le total des rentes allouées puisse dépasser soit la réduction, soit le montant du salaire annuel.

Cet article démontre la nécessité d'une enquête préalable faite avec le plus grand soin. Il est indispensable que les explications fournies par les parties au juge de paix, que les dépositions des témoins, qu'une visite des lieux, qu'une expertise technique précisent bien les circonstances de l'accident. Il peut en résulter que cet accident a été intentionnellement provoqué par la victime, auquel cas elle n'aura droit à aucune indemnité ; ou bien qu'il est dû à une faute inexcusable de cette même victime ou du patron et de ses préposés, auxquels cas l'indemnité peut être diminuée ou majorée dans la proportion déterminée par les paragraphes 2 et 3 de l'article. Il est à remarquer que la limite dans laquelle la diminution peut avoir lieu n'est pas fixée par le législateur, tandis que la majoration possible est limitée.

Quant à la définition de la faute inexcusable, elle est aussi difficile a donner que celle de la faute lourde, qui, elle, n'a jamais pu être exactement définie par les jurisconsultes. On peut dire, par exemple, avec le tribunal civil de Melun, que la faute inexcusable est celle qui présente un caractère de gravité exceptionnelle, permettant de la distinguer même de la faute lourde, commise dans des conditions normales ; et qu'on doit, en conséquence, considérer comme telle une faute commise avec réflexion, de propos délibéré, en parfaite connaissance du danger, et en violation flagrante soit des règlements, soit d'un ordre donné par le patron ou le surveillant du travail. Mais cette définition ou cet essai de définition n'a rien d'absolu, nous le répétons : il s'agit là d'une question de fait laissée à l'appréciation des tribunaux.

Art. 21. — Les parties peuvent toujours, après détermination du chiffre de l'indemnité due à la victime de l'accident, décider que le service de la pension sera suspendu et remplacé, tant que l'accord subsistera, par tout autre mode de réparation. — Sauf dans le cas prévu à l'article 3, paragraphe A, la pension ne pourra être remplacée par le paiement d'un capital que si elle n'est pas supérieure à 100 francs.

C'est par application de cet article que nous avons dit plus haut que le procès-verbal de conciliation dressé par le président du tribunal peut, sur l'accord des parties, fixer le capital moyennant lequel la rente pourra être immédiatement rachetée. La quittance de ce capital devra constater qu'il est versé en exécution de la convention arrêtée devant le président.

Pour être rachetable, la rente ne doit pas dépasser cent francs, sauf dans le cas prévu par l'article 3, paragraphe A, qui est ainsi conçu : « Une rente viagère égale à 20 % du salaire annuel de la victime pour le conjoint survivant non divorcé ou séparé de corps, à la condition que le mariage ait été contracté antérieurement à l'accident. — En cas de nouveau mariage, le conjoint cesse d'avoir droit à la rente mentionnée ci-dessus ; il lui sera alloué, dans ce cas, le triple de cette rente à titre d'indemnité totale. » Donc, le conjoint survivant, bénéficiaire d'une pension, est libre de s'entendre avec le débiteur pour substituer à la rente qui lui est allouée le paiement d'un capital.

Art. 22. — Le bénéfice de l'assistance judiciaire est accordé de plein droit, sur le visa du procureur de la République, à la victime de l'accident ou à ses ayants-droit, devant le tribunal. A cet effet, le président du tribunal adresse au procureur de la République, dans les trois jours de la comparution des parties prévue par l'article 16, un extrait de son procès-verbal de non-conciliation ; il y joint les pièces de l'affaire. — Le procureur de la République procède comme il est prescrit à l'article 13, paragraphes 2 et suivants, de la loi du 22 janvier 1851. — Le bénéfice de l'assistance judiciaire s'étend de plein droit aux instances devant le juge de paix, à tous les actes d'exécution mobilière et immobilière, et à toute contestation incidente à l'exécution des décisions judiciaires.

La loi du 22 janvier, dont il est ici question, est la loi organique de l'assistance judiciaire. La victime ou ses représentants sont dispensés des formalités et des justifications qu'elle prescrit et exige. Si donc par suite d'une erreur, comme cela s'est produit quelquefois, les parties étaient convoquées devant le bureau de l'assistance judiciaire, il n'y aurait qu'à signaler l'erreur pour qu'immédiatement fût appliqué l'article 22 de la loi.

La proposition de loi dont nous avons parlé plus haut (article 13) aurait pour but d'accorder à la victime le bénéfice de l'assistance judiciaire jusques et y compris l'acte d'appel : on a observé que, le délai d'appel étant très court, le temps manquerait pour obtenir, conformément à la loi de 1851, l'assistance judiciaire pour aller à la Cour. La victime pouvant signifier l'acte d'appel sans qu'il lui en coûte rien aura pu sauvegarder son droit, ce qui est l'essentiel ; après quoi elle demandera l'assistance judiciaire, qui lui sera accordée ou refusée ; et, après la décision du bureau, elle suivra sur son appel ou elle y renoncera, selon qu'elle avisera.

Art. 23. — La créance de la victime de l'accident ou de ses ayants-droit relative aux frais médicaux, pharmaceutiques et funéraires ainsi qu'aux indemnités allouées à la suite de l'incapacité temporaire de travail, est garantie par le privilège de l'article 2101 du Code civil, et y sera inscrite sous le n° 6. — Le paiement des indemnités pour incapacité permanente de travail ou accidents suivis de mort est garanti conformément aux dispositions des articles suivants.

Le privilège accordé à la victime de l'accident ou à ses ayants-droit ne s'applique qu'au paiement et à la conservation des créances limitativement énumérées dans le paragraphe premier de l'article.

Venant à la fin de l'article 2102 du Code civil, il est, par conséquent, primé par le privilège attribué aux frais de justice, aux frais funéraires, aux frais quelconques de la dernière maladie, aux salaires des gens de service, et aux fournitures de subsistances faites au débiteur ou à sa famille. Il s'étend sur tous les meubles du débiteur.

Quant au paiement des rentes, il est garanti dans les conditions déterminées par les articles 23 et suivants de la loi.

ART. 24. — A défaut, soit par les chefs d'entreprise débiteurs, soit par les Sociétés d'assurances à primes fixes ou mutuelles, ou les syndicats de garantie liant solidairement tous leurs adhérents, de s'acquitter, au moment de leur exigibilité, des indemnités mises à leur charge à la suite d'accidents ayant entraîné la mort ou une incapacité permanente de travail, le paiement en sera assuré aux intéressés par les soins de la Caisse nationale des retraites pour la vieillesse, au moyen d'un fonds spécial de garantie constitué comme il va être dit et dont la gestion sera confiée à ladite Caisse.

Cet article, comme les suivants, constate et consacre officiellement l'existence et l'intervention des Compagnies d'assurances à primes fixes et mutuelles ; il est donc inadmissible que, pour les opérations de l'enquête préalable et pour la tentative de conciliation, certains magistrats se refusent à recevoir, comme représentant du chef d'industrie, l'agent d'une de ces Sociétés, muni d'un pouvoir régulier de ce chef d'entreprise.

En ce qui concerne les Syndicats de garantie, nous signalerons : 1º un décret du 22 juin 1899, publié au *Journal Officiel* du 24 juin 1899, portant approbation des statuts du Syndicat général de garantie du bâtiment et des travaux publics ; 2º un décret du 30 juin 1899, publié au *Journal Officiel* du 2 juillet 1899, portant approbation du Syndicat de garantie de l'Union parisienne des entrepreneurs et industriels.

Il est bien entendu que les paiements dont la Caisse nationale des retraites est chargée par l'article 24 ne concernent que les rentes allouées en cas de mort ou d'incapacité permanente, totale ou partielle, de la victime.

C'est, on le sait, la Caisse des dépôts et consignations qui est chargée de la gestion de la Caisse nationale des retraites pour la vieillesse.

ART. 25. — Pour la constitution du fonds spécial de garantie, il sera ajouté au principal de la contribution des patentes des industriels visés par l'article 1er quatre centimes additionnels. Il sera perçu sur les mines une taxe de cinq centimes par hectare concédé. — Ces taxes pourront, suivant les besoins, être majorées ou réduites par la loi de finances.

La taxe ne frappe, comme on le voit, que les professions assujetties à la loi du 9 avril 1898 ; nous renvoyons, à cet égard, aux observations que nous avons faites relativement à l'article 1er de la loi.

ART. 26. — La Caisse nationale des retraites exercera un recours contre les chefs d'entreprise débiteurs, pour le compte desquels des sommes auront été payées par elle, conformément aux dispositions qui précèdent. — En cas d'assurance du chef d'entreprise, elle jouira, pour le remboursement de ses avances, du privilège de l'article 2102 du Code civil sur l'indemnité due par l'assureur, et n'aura plus de recours contre le chef d'entreprise. — Un règlement d'administration publique déterminera les conditions d'organisation et de fonctionnement du service conféré par les dispositions précédentes à la Caisse nationale des retraites et, notamment, les formes du recours à exercer contre les chefs d'entreprise débiteurs ou les Sociétés d'assurances et les Syndicats de garantie, ainsi que les conditions dans lesquelles les victimes d'accidents ou leurs ayants-droit seront admis à réclamer à la Caisse le paiement de leurs indemnités. — Les décisions judiciaires n'emporteront hypothèque que si elles sont rendues au profit de la Caisse des retraites exerçant son recours contre les chefs d'entreprise ou les Compagnies d'assurances.

Le privilège accordé par le 2e paragraphe de cet article est le privilège spécial sur certains meubles institué par l'article 2102 du Code civil (dans l'espèce, l'indemnité due par l'assureur à l'assuré), à la différence du privilège mentionné par l'article 23, qui, lui, s'étend à tous les meubles du débiteur.

Le règlement d'administration publique prévu par cet article a été publié par décret du 28 février 1899, paru dans le *Journal Officiel* du 1er mars 1899. En 31 articles, il fixe les conditions dans lesquelles les victimes d'accidents ou leurs ayants-droit sont admis à réclamer le paiement de leurs indemnités, le recours de la Caisse des retraites pour le recouvrement de ses avances et pour l'encaissement des capitaux exigibles, et l'organisation du fonds de garantie. Les modèles des déclarations à faire en exécution des cinq premiers articles du décret ont été publiés au *Journal Officiel* du 22 août 1899, à la suite d'une circulaire du Ministre du commerce transmettant une instruction de la Caisse des dépôts et consignations.

Le dernier paragraphe de l'article 26 fait ressortir que, en matière d'accidents, l'hypothèque judiciaire disparaît en principe, sauf l'exception prévue par cet article.

ART. 27. — Les Compagnies d'assurances mutuelles ou à primes fixes contre les accidents, françaises ou étrangères, sont soumises à la surveillance et au contrôle de l'Etat et astreintes à constituer des réserves ou cautionnements dans les conditions déterminées par un règlement d'administration publique. — Le montant des réserves ou cautionnements sera affecté par privilège au paiement des pensions et indemnités. — Les syndicats de garantie seront soumis à la même surveillance, et un règlement d'administration publique déterminera les conditions de leur création et de leur fonctionnement. — Les frais de toute nature résultant de la surveillance et du contrôle seront couverts au moyen de contributions proportionnelles au montant des réserves ou cautionnements, et fixés annuellement, pour chaque Compagnie ou association, par arrêté du Ministre du commerce.

Les créances pour pensions ou indemnités sont privilégiées sur le cautionnement ou la réserve dont la constitution est imposée aux sociétés d'assurances mutuelles ou à primes fixes. La réserve se distingue du cautionnement en ce qu'elle a pour objet de faire face aux risques déjà liquidés, alors que le cautionnement a trait aux risques non encore réalisés. La réserve peut donc être calculée d'une façon en quelque sorte mathématique, puisqu'elle répond à des charges connues ; les titulaires des pensions ou des indemnités temporaires sont sûrs d'y trouver, à tout événement, une somme suffisante pour les désintéresser. Le cautionnement ne peut être établi qu'approximativement, d'après un calcul de probabilités.

Le règlement d'administration publique prévu par cet article a été formulé dans un décret du 28 février 1899, paru au *Journal officiel* du 1er mars 1899 ; il est divisé en 26 articles. Le titre 1er, relatif aux sociétés d'aasurances mutuelles ou à primes fixes, détermine les règles d'après lesquelles sont constitués les cautionnements et réserves et d'après lesquelles s'exercent la surveillance et le contrôle de l'État ; le titre II organise les syndicats de garantie.

Divers arrêtés ministériels ont été pris pour l'exécution de certaines dispositions de ce décret : arrêté du 29 mars 1899 (*Journal offficiel* du 2 avril 1899), déterminant les bases des cautionnements que doivent constituer les sociétés d'assurances ; — arrêté du 30 mars 1899 (*Journal officiel* du 2 avril 1899), déterminant les groupes d'industries prévus par l'article 6 du décret du 28 février 1899, en ce qui concerne les sociétés mutuelles d'assurances ; — arrêté du 30 mars 1899 (*Journal officiel* du 2 avril 1899), déterminant les primes prévues à l'article 6 du décret du 28 février 1899 et à l'article 2 de l'arrêté ministériel du 29 mars 1899, relatifs aux sociétés d'assurances (des arrêtés postérieurs ont maintenu ces primes pour 1900, puis pour 1901) ; — arrêté du 30 mars 1899 (*Journal officiel* du 2 avril 1899), déterminant le barème minimum pour la vérification des réserves mathématiques des sociétés d'assurances ; une note explicative sur l'emploi de ce barème a paru à la suite de l'arrêté (des arrêtés postérieurs ont maintenu ce barème pour 1900, puis pour 1901) ; — arrêté du 31 mars 1899 (*Journal officiel* du 2 avril 1899), déterminant les conditions de recrutement des commissaires-contrôleurs des sociétés d'assurances créés par le décret du 28 février 1899 ; — arrêté du 9 avril 1899 (*Journal officiel* du 10 avril 1899), fixant le cadre et les conditions d'avancement de ces commissaires-contrôleurs ; — arrêté du 5 mai 1899 (*Journal officiel* du 7 mai 1899), complétant les arrêtés des 29 et 30 mars 1899 relatifs aux sociétés d'assurances ; — arrêté du 15 juillet 1899 relatif au recrutement des commissaires-contrôleurs ; — arrêté du 11 août 1899, relatif à l'organisation du service central de contrôle des sociétés d'assurances ; — circulaire du Garde des sceaux du 12 août 1899 (*Journal officiel* du 20 août 1899), concernant l'observation du décret du 28 février précédent ; — arrêté du 29 novembre 1900, publié au *Journal officiel* du lendemain, donnant la liste des Sociétés françaises d'assurances mutuelles et à primes fixes et des Sociétés étrangères d'assurances qui fonctionnent dans les conditions prévues par les articles 26 et 27 de la loi du 9 avril 1898 et par le règlement d'administration publique du 28 février 1899.

ART. 28. — Le versement du capital représentatif des pensions allouées en vertu de la présente loi ne peut être exigé des débiteurs. — Toutefois, les débiteurs qui désireront se libérer en une fois pourront verser le capital représentatif de ces pensions à la Caisse nationale des retraites, qui établira à cet effet, dans les 6 mois de la promulgation de la présente loi, un tarif tenant compte de la mortalité des victimes d'accidents et de leurs ayants-droit. — Lorsqu'un chef d'entreprise cesse son industrie, soit volontairement, soit par décès, liquidation judiciaire ou faillite, soit par cession d'établissement, le capital représentatif des pensions à sa charge devient exigible de plein droit et sera versé à la Caisse nationale des retraites. Ce capital sera déterminé au jour de son exigibilité, d'après le tarif visé au paragraphe précédent. — Toutefois, le chef d'entreprise ou ses ayants-droit peuvent être exonérés du versement de ce capital, s'ils fournissent des garanties qui seront à déterminer par un règlement d'administration publique.

Les chefs d'industrie non assurés sont donc tenus au paiement des rentes, sans qu'on puisse exiger d'eux le versement du capital représentatif de ces rentes, et sauf, en cas de non paiement, le recours de la Caisse nationale des retraites, tel qu'on a vu qu'il était organisé. — S'ils sont assurés, ils sont affranchis de tout recours, les Compagnies d'assurances étant responsables.

Le règlement d'administration publique prévu par l'article 28 a été rendu le 28 février 1899, et publié au *Journal officiel* du 1er mars suivant.

ART. 29. — Les procès-verbaux, certificats, actes de notoriété, significations, jugements et autres actes faits ou rendus en vertu et pour l'exécution de la présente loi, sont délivrés gratuitement, visés pour timbre et enregistrés gratis lorsqu'il y a lieu à la formalité de l'enregistrement. — Dans les 6 mois de la promulgation de la présente loi, un décret déterminera les émoluments des greffiers de justice de paix pour leur assistance et la rédaction des actes de notoriété, procès-verbaux, certificats, significations, jugements, envois de lettres recommandées, extraits, dépôts de la minute d'enquête au greffe, et pour tous les actes nécessités par l'application de la présente loi, ainsi que les frais de transport auprès des victimes et d'enquête sur place.

Le paragraphe premier de cet article est aussi compréhensif que possible ; et, sans qu'on puisse, sans risque de commettre un oubli, énumérer en détail tous les actes et toutes les pièces qui doivent bénéficier de ces dispositions, on peut, notamment, en dehors de ceux qui y sont indiqués, citer les pouvoirs nécessaires pour représentation à l'enquête et à la tentative de conciliation, les certificats de vie et les actes de l'état civil à produire lors de l'encaissement des arrérages des rentes, les polices d'assurances, etc. Sur ce dernier point, l'administration de l'Enregistrement a commencé par exiger le paiement des droits ; mais une décision intervenue au mois de décembre 1900 a prescrit l'enregistrement gratuit de ces polices et le remboursement des droits qui avaient été payés. — La dispense s'étend, bien entendu, aux timbres de quittance et au droit d'abonnement au timbre des polices d'assurances.

En ce qui concerne les émoluments et frais du greffier, nous renvoyons à ce que nous avons dit précédemment.

Sur cet article, on consultera utilement la circulaire du Garde des sceaux du 10 juin 1899 (ch. IV, § 2).

Art. 30. — Toute convention contraire à la présente loi est nulle de plein droit.

Nous signalerons, à propos de cet article, le chapitre V de la circulaire du Garde des sceaux, du 10 juin 1899, relatif à l'application de la règle de non-rétroactivité des lois. — Ce passage est trop long pour qu'il soit possible de le reproduire ici, mais on le consultera utilement.

Art. 31. — Les chefs d'entreprise sont tenus, sous peine d'une amende de 1 à 15 francs, de faire afficher dans chaque atelier la présente loi et les règlements d'administration publique relatifs à son exécution. — En cas de récidive dans la même année, l'amende sera de 16 à 100 francs. — Les infractions aux dispositions des articles 11 et 31 pourront être constatées par des inspecteurs du travail.

Art. 32. — Il n'est point dérogé aux lois, ordonnances et règlements concernant les pensions des ouvriers, apprentis et journaliers appartenant aux ateliers de la Marine et celles des ouvriers immatriculés des manufactures d'armes dépendant du Ministère de la guerre.

Art. 33. — La présente loi ne sera applicable que trois mois après la publication officielle des décrets d'administration publique qui doivent en régler l'exécution.

Les décrets dont il s'agit ayant été publiés le 1er mars 1899, la loi aurait dû entrer en vigueur le 1er juin suivant; mais, en réalité, et par une loi spéciale, sa mise en application a été reculée au 1er juillet 1899.

ART. 34. — Un règlement d'administration publique déterminera les conditions dans lesquelles la présente loi pourra être appliquée à l'Algérie et aux colonies.

Aucun décret, à notre connaissance, n'a encore été rendu (décembre 1900) en vertu de cet article.

Imp. centrale des Assurances, L. DULAC ET GAUCHET, 8, rue Lamartine, Paris. - 4958-2-1901.

# MONITEUR DES ASSURANCES

MÉDAILLE D'OR  
Toulon 1890

MÉDAILLE D'OR  
Paris 1900

Le **Moniteur des Assurances** paraît le 15 de chaque mois.

### LES ABONNEMENTS SONT ANNUELS ET PARTENT DU 15 JANVIER.

## PRIX DE L'ABONNEMENT :

Paris, les Départements et l'Algérie. . . . . . . . . . **15 fr.**

Étranger { Union postale. . . . . . . . . . . . . **16 fr.**  
{ Autres pays. . . . . . . . . . . . . . **20 fr.**

NUMÉROS RECOMMANDÉS : **3** FRANCS EN PLUS.

### PRIX DES NUMÉROS ISOLÉS

POUR L'ANNÉE COURANTE :

Numéro de Juillet. . . . . . . . . . . **2 fr. 50**  
Les autres numéros. . . . . . . . . . **1 fr. 25**

POUR LES ANNÉES ANTÉRIEURES :

Numéro de Juillet. . . . . . . . . . . **5 fr. »**  
Les autres numéros. . . . . . . . . . **2 fr. 50**

ON S'ABONNE, SANS FRAIS, DANS TOUS LES BUREAUX DE POSTE.

### COLLECTION DU MONITEUR DES ASSURANCES

La collection complète du MONITEUR DES ASSURANCES comprend 32 volumes  
(1868 à 1900 inclus).

Prix (*envoi franc de port*). . . . . **465 fr.**

(L'achat de la collection donne droit au service gratuit de l'année courante)

### VOLUMES DÉTACHÉS

Le tome Ier (année 1868) contient un recueil complet de Législation et de Jurisprudence en matière d'assurances sur la vie. — Prix de ce volume seul. **25 fr.**  
Les années 1869, 1879 et 1881 ne sont pas vendues séparément.  
Les autres volumes sont vendus séparément, chaque volume. . . . . . **15 fr.**

www.ingramcontent.com/pod-product-compliance
Lightning Source LLC
Chambersburg PA
CBHW060901180626
46818CB00004B/1810